CATALOGUE

DE

TABLEAUX

ANCIENS

DES DIVERSES ÉCOLES

DONT LA VENTE AUX ENCHÈRES PUBLIQUES AURA LIEU

HOTEL DES COMMISSAIRES-PRISEURS

Rue Drouot, 5

SALLE N° 1

Le Mercredi 30 Janvier 1861

A 1 HEURE

M° DELBERGUE-CORMONT, Commissaire-Priseur,
rue de Provence, 8,

Assisté de M. DHIOS, Expert, rue Le Peletier, 33.,

EXPOSITION PUBLIQUE

Le Mardi 29 Janvier, de 1 heure à 5 heures.

PARIS

RENOU & MAULDE

IMPRIMEURS DE LA COMPAGNIE DES COMMISSAIRES-PRISEURS
rue de Rivoli, 144.

1861

CATALOGUE

DE

TABLEAUX

ANCIENS

DES DIVERSES ÉCOLES

DONT LA VENTE AUX ENCHÈRES PUBLIQUES AURA LIEU

HOTEL DES COMMISSAIRES-PRISEURS

Rue Drouot, 5

SALLE N° 1

Le Mercredi 30 Janvier 1861

A 1 HEURE

Me DELBERGUE-CORMONT, Commissaire-Priseur, rue de Provence, 8,

Ass'té de M. DHIOS, Expert, rue Le Peletier, 33.

EXPOSITION PUBLIQUE

Le Mardi 29 Janvier, de 1 heure à 5 heures.

PARIS

REÑOU & MAULDE

IMPRIMEURS DE LA COMPAGNIE DES COMMISSAIRES-PRISEURS
rue de Rivoli, 144.

1861

CONDITIONS DE LA VENTE

Elle sera faite au comptant.

Les Acquéreurs paieront CINQ POUR CENT en sus des enchères, applicables aux frais de la vente.

DÉSIGNATION

DES TABLEAUX

LEPRINCE.

1 — Le Sultan malade.

LENAIN.

2 — Repos de voyageurs.

ÉCOLE ITALIENNE.

3 — Tête de jeune guerrier.

MÊME ECOLE.

4 — Buste de Bacchus.

LANCRET (Nicolas).

5 — Danse champêtre.

CORRÉGE (d'après le).

6 — Sainte Madeleine.,,

CORRÉGE.

7 — La Madeleine visitée par des anges.

NETSCHER (Constantin).

8 — Portrait d'une jeune dame servie par un nègre.

ÉCOLE FRANÇAISE.

9 — Un jeune Enfant tenant un arc et un carquois.

ÉCOLE ITALIENNE.

10 — La Sainte-Vierge en prière.

MÊME ÉCOLE.

11 — La Sainte-Vierge tient l'Enfant Jésus dans ses
bras; elle lui présente une fleur.

POTTER (attribué à Paul).

12 — Une Vache debout près d'un saule.

BERGHEM (d'après).

13 — Berger, monté sur une vache, joue de la flûte.

HOBBEMA (attribué à).

14 — Entrée d'un bois.

PIAZZETA.

15 — Vieille Bohémienne.

ÉCOLE FRANÇAISE.

16 — Deux femmes surprises par un bandit.

VAN TOL (Dominique).

17 — Vieille Femme lisant.

ALBANE.

18 — Vénus et Adonis.

ÉCOLE FLAMANDE.

19 — Deux figures. Effet de lumière.

BERGHEM (Nicolas).

20 — Deux jolies esquisses représentant des bergers
et des bergères montés sur des ânes.

PIERRE VAN LAAR.

21 — Soldats jouant aux dés.

ÉCOLE FRANÇAISE.

22 — Deux Pères de l'Église.

ZURBARAN.

23 — Le Père-Éternel.

VALDÈS-LÉAL.

24 — Le Christ mort.

ZURBARAN.

25 — Adoration des Mages.

MÉNÉSSÈS OSARIO.

26 — Les Ames du purgatoire.

C. SCHUT.

27 — Enfant endormi.

RUBENS (école de).

28 — Persée et Andromède.

MÊME ÉCOLE.

29 — Tête coupée.

MORALÈS (attribué à).

30 — La Vierge en pleurs.

LUCA GIORDANO.

31 — Sainte Rosalie.

RIBÈRA.

32 — Tête de vieillard.

JUAN DE CASTILLO.

33 — L'Éducation de la Vierge.

ÉCOLE ALLEMANDE.

34 — Composition religieuse.

VILLAVICENSIO.

35 — Saint Ferdinand.

TOBAR.

36 — Assomption de la Vierge.

BREUGHEL.

37 — Tête de mort.

DEMARNE.

38 — Le Champ de blé.

DAVID DE HEEM.

39 — Nature morte et fruits.

DESMARNE.

40 — Une plage. Composition capitale.

SOOLEMAKER.

41 — Berger gardant des bestiaux. Très-belle qualité.

CARLE VAN LOO.

42 — Le Triomphe de la Religion.

BOUCHER (école de).

43 — Pastorale.

HILAIRE PADÈRE.

44 — Le Sauveur du monde.

LAGRENÉE.

45 — Psyché et l'Amour. Charmant tableau.

MANS.

46 — Port de mer. Composition animée d'un grand
nombre de figures.

ÉCOLE HOLLANDAISE.

47 — Deux portraits. Homme et femme.

RUBENS (école de).

48 — Paysage. Effet d'orage.

CHRISTIAN WENK, 1773.

49 — Jésus-Christ et Moïse.

VAN KESSEL.

50 — Oiseaux et animaux.

ÉCOLE ITALIENNE.

51 — Portrait d'Henri IV enfant.

BERGHEM.

52 — Figures et animaux.

ÉCOLE FLAMANDE

53 — Paysage. Effet d'hiver.

WÉNIX (J.).

54 — Famille de pêcheurs.

ÉSAIE VAN DE VELDE.

55 — Paysage avec cascades.

HOBBÉMA (genre de).

56 — Paysage boisé.

TÉNIERS.

57 — L'Amour de la bouteille.

DU MÊME.

58 — L'Amour de l'or.

ÉCOLE FLAMANDE.

59 — Tête de jeune femme.

VAN DER MEULEN.

60 — Paysage et cavaliers.

ÉCOLE HOLLANDAISE.

61 — Portrait d'un artiste.

FRANCK (F.).

62 — La Visitation.

BONINGTON (attribué à).

63 — Étude de paysage.

HENRY DE BLÉS.

64 — Le Paradis terrestre.

SCHIDONE.

65 — Descente de croix.

ÉCOLE MODERNE.

66 — Petit Paysage.

VAN ARTOIS.

67 — Paysage orné de figures.

GARNERAY.

68 — Vue d'une rue à Rotterdam, la nuit.

VERNET (école de Joseph).

69 — Paysage : marine.

MOMERS.

70 — La Marchande de fruits.

BREYDEL (le chevalier).

71 — Combats de cavaliers.

DECKER.

72 — Paysage boisé.

RAPHAEL (école de).

73 — La Vierge et l'Enfant Jésus.

EVERDINGEN.

74 — Paysage avec cascade.

KRUSMAN.

75 — Effet d'hiver.

PAUL BRIL.

76 — Paysage avec voyageurs.

ÉCOLE HOLLANDAISE.

77 — Le Bénédicité.

SWEBACH.

78 — Chasseurs dans un paysage.

LÉPICIÉ.

79 — Portrait de femme. Dessin.

RAPHAEL MORGHEN (d'après LÉONARD DE VINCI).

80 — La Cène. Gravure.

RUBENS (attribué à).

81 — Méléagre présentant une tête de sanglier à Atalante.

PHILIPPE V. (Signé).

82 — Portrait d'un page.

GELDORP.

83 — La Madeleine vue à mi-corps. (Galerie du maréchal Soult.)

ÉCOLE FRANÇAISE.

84 — Portrait d'homme.

MIGNON (d'après Abraham).

85 — Fleurs.

ÉCOLE ESPAGNOLE.

86 — Le Mystère de la Sainte-Trinité.

PRIMATICE.

86 — Vénus et les Amours.

CORRÉGE (d'après).

87 — La Vierge et l'Enfant-Jésus.

SIGALON (d'après le Titien).

88 — La Mise au tombeau.

GIRODET (d'après).

89 — Tête de vieillard.

PRUD'HON (d'après).

90 — Moine secourant une femme.

GUDIN (attribué à).

91 — Marine.

PAUL HUET.

92 — Etude d'arbres.

ÉCOLE ITALIENNE.

93 — Paysage.

DECAUWER.

94 — Intérieur d'église.

SUTTER.

95 — Forêt de Fontainebleau.

LEBAS (H.).

96 — Marine.

PRUD'HON (école de).

97 — L'Amour tenant un flambeau.

ÉCOLE MODERNE.

98 — Buste de femme.

PIERRE WOUVERMAN.

99 — Le maréchal-ferrant.

ÉCOLE ITALIENNE.

100 — Moïse sauvé des eaux. (Peinture sur marbre.)

101 — Environ 40 bons tableaux anciens seront vendus sous ce numéro et figureront à l'exposition publique.

102 — Quelques dessins et aquarelles de l'école française.

103 — Plusieurs cadres dorés et sculptés en bois.

RENOU et MAULDE, imprimeurs de la Compagnie des Cre-Priseurs, rue de Rivoli, 144.   218

o, 1 — code 2, 50
9 — 3 codces 8, 00
o — 2 codces 4, 25
o — 2 codces 10, 00
o — 1 code 18, 00
o — edem 16, 00
o — edem 10, 00
o, edem 32, 00
o — edem 28, 00
o, 3 codces 1, 50
7 — 3 toilcs 1, 25
9 — 1 gr et 1 gourdes . . . 4, 00
8 — 1 gourdes 5, 00
edem 1 oguerelle 2, 50
1 — ouches 2, 5
1 — 4 derneirs 2, 50
1 — 1 derneir 4, 00
1 — 1 derneir 3, 50
1 — 1 toilcs 3, 50
— 1 poissage 5, 50
— 2 villctcs 3, 50

                              1 6 8, 0 5
                        ____
                              1 6 8, 0 0

10 — 2 tableaux . . 6, 50
1 — 1 tableau . . 6, 00
1 — 1 tableau . . 5, 00
7 — 2 tableaux . 6, 50
1 — 2 tableaux — 5, 00
7 — 2 tableaux — 4, 00
10 — 2 tableaux — 7, 00
7 — 2 tableaux — 4, 00
7 — 2 tableaux 3, 00
7 — 2 tableaux 5, 00
7 — 2 tableaux 6, 50
10 — 2 tableaux 3, 50
7 — 2 marines 12, 00
11 — 1 — tableau 10, 50
11 — 1 — tableau — 14, 00
11 — 1 — tableau — 6, 00
11 — 1 — tableau — 7, 00
11 — 1 — tableau 12, 00
11 — 1 paysage 2, 25
Dellengue 2 aquarelle 60
100 Recon d'états 24, 00

Gare du Chien 93, 00
60 — genre Sudleux 21, 00
Guespy — 1 portrait 30, 00
7 — 1 paysage — 7, 50
7 — 1 tableau — 21, 00
16 — 1 tableau 6, 90
Galos 4 & fruits 6, 00
382, 75
283. 75

7 — 1 tableau 21, 00
1 — 1 étude morte 5, 50
1 — 1 tableau 13, 00
1 — 1 tableau 12, 00
1 — 1 tableau — 8, 00
1 — 1 tableau 9, 00
7 — Mouremous 21, 00
7 — 1 tab — 23, 00
7 — 1 paysage — 9, 00
8 — 1 paysage — 9, 00
10 — 1 marine 4, 00
J/6 Gerthudes
1 tableau — 8, 00
1 — tableau — 15, 00
1 tab — 14, 00
1 — tab — 11, 00
1 — tab — 4, 50
1 — tab — 9, 50
10 — 2 port. — 9, 00
1 — 3 fusée 16, 00
1 — 2 aquar — 6, 00
1 — 4 études — 4, 25
1 — 2 tab — 3, 00

226, 75
230, 75

228,75
382,75
168,05
255,00
562,50
398,50
329,50
333,20
187,00
129,00
159,50
—————
3197,75

www.ingramcontent.com/pod-product-compliance
Lightning Source LLC
Chambersburg PA
CBHW061034090726
47597CB00014B/4243